夜空は
いつでも
最高密度の
青色だ

最果タヒ
Tahi Saihate

リトルモア

● もくじ

夜空はいつでも最高密度の青色だ

都会を好きになった瞬間、自殺したようなものだよ。
塗った爪の色を、きみの体の内側に探したってみつかりやしない。
夜空はいつでも最高密度の青色だ。
きみがかわいそうだと思っているきみ自身を、誰も愛さない間、
きみはきっと世界を嫌いでいい。
そしてだからこそ、この星に、恋愛なんてものはない。

青色の詩

朝

新年が起動して、答えを求める朝が来る。湯気が上がるみたいに、目が覚めて、空高くのぼってしまった夢を、飛ぶ風船みたいに眺めている。家族以外はどんなふうに朝を受け入れるのか、知らない、私は私がちゃんと目を覚ましたのか、同じ世界に戻ってきたのか、確認したくない。鏡を見ない。

知らない音楽をただ聴きたかった。もう永遠に、次は聴けない音楽と、すれちがいたい。それなら好きになったりなんかしないで、ただ純粋にきれいって、言えるはずだった。ケーキ屋さんに行って、おいしかったケーキの名前を一つも覚えていないから外れを引く。朝も、それぐらいであればよかったのにね。私の好きなものは夜のうちに滅んでおいて。

寂しがり屋はちゃんと死んで。

黒い瞳の中に、ぜんまいのような昨日が見える。

今日の私は、昨日の私を、無視できるから美しい。

ゆめかわいいは死後の色

きみが、あの子をかわいいと言う根拠が、
ただの劣等感であればいいのに。

死んでしまったものでもきれいな糸になったりする、絹と蚕。私がさみしいとき、私からなにかが死んでしまっても、汚れてもいいから、だれかにとって意味のあるものが抽出されていけばもうなにも気にしなかった。生命感があふれるひとほど、フィクションに見える感覚。ゆめかわいいは、死後みたいな、色。今も、地上のどこかでは雨が降り注いで、瞳のいくつかは閉じられている。死ねと、いえば簡単に、孤独を手に入れられていた。きみをなでる透明の風に、いまさら、なりたくなんてない。

恋をした女の子が嫌いだ。
どんな悪意もきれいな言葉にできるから、
人間はまともな世界を手に入れられない。
春が去り台風が薙ぎ倒した命たちが夏の日差しにさらされている。
緑。きみがまた美しいふりをして、嫌いな人を傷つける。
四季にすらなれない感情に、何の意味もないよ。

惑星の詩

私のこと嫌いでもいいよって言えなくちゃ、
やさしいひとにはなれません。
青春で奪われていく純粋のこと、
忘れちゃったから青春小説が好きなひと。
幸福が邪魔みたいに言える子が好きだ。人間を腐らせる。
土に近づけ、花から離れる。
私はきみが嫌いです。そして明日には忘れます。
立派な松が切り倒される街で、江戸時代の戦の話。
血の上に立っていますが、私の体はきっと土でできていた。
子供は残酷。
私がきみを嫌いでも、きみを殺したいとまでは思えないのは、
もう子供でないというそれだけの月。

月面の詩

水野しずの詩

宇宙について語り合ってもどうしようもない気がする。膨張する場所でみんなが、膨張してひろがっていくのに、無自覚。密度が下がる、生きているのに死んでいるのとあまり変わらなくなって、フラットだねってお互いをほめ合う。

インターネットと宇宙が膨張を続けている。でも、インターネットは爆発して、残るのが水野しずみたいなものと少しのスイッチだけ。宇宙は膨張を続けて、人類は太っていくね。潔癖なひとたちが作った街は、えぐいカラフルとファンタジーがまざりあって、朝でも昼でも夜みたいだ。きのう、きみがやってきて、どこかに帰っていった。いま、ここで息をしていること、立っていることに、価値を見いだされる人間なんてどれぐらいいるんだろうか。テレビが垂れ流すゆめや愛だけが、正しい概念。光の粒に変換された顔が、町中にちらばって会いに来るんだ。死んだ人も保存ができる。絵や言葉は保存ができる。いま、生きている人がきみにできるのは、裏切りだけかもしれないね。

知らない人、きみが作るものより、きみがそこにいることを、好きになりたい、そうして勝手に幻滅をしたり、それすら心地よくなりたい。それを許してくれるひとがいるなら、それだけでもう、ぼくは安心して生きて、死んでいける。

うさぎ移民

きみの家を解体するのはすごく時間がかかることだね。瓦礫の山だ。みちがえるほどきれいだ。女の子は恋をすると、きれいになるっていうね。本来移民の列にいたんだ。気づいたらまつげにぬりたくるを繰り返して、女子高生の服を着ていた。声を発したバラについて、話し合う前にまず切り落としてしまえと言う、そういうひとが嫌いで家を捨ててきたんだよ。あの列はユーラシアに到着しただろうか。

とりあえずをして、生きるを忘れなければ頭にほかが入らない。せまい頭蓋骨で世界を考えたくて、数字も、現国も、がんばってきたのに、あの日見たうさぎですべては埋め尽くされていた。水中に突き落とされたら、きっと息を吸うことでいっぱいで、うさぎのことさえ忘れてしまう。

どこにもいないよ。だれだって。恋という文字が近づいてきたとき、
よごされると思ったんだ。帰るとも言えない、きみも、明日からは
じまるよ。女の子はもっとてっとりばやくきれいになりたいんだ。

きみに会わなくても、どこかにいるのだから、それでいい。
みんながそれで、安心してしまう。
水のように、春のように、きみの瞳がどこかにいる。
会わなくても、どこかで、
息をしている、希望や愛や、心臓をならしている、
死ななくて、眠り、ときに起きて、表情を作る、
テレビをみて、じっと、座ったり立ったりしている、
きみが泣いているか、絶望か、そんなことは関係がない、
きみがどこかにいる、
心臓をならしている、
それだけで、みんな、元気そうだと安心をする。
お元気ですか、生きていますか。
きみの孤独を、かたどるやさしさ。

彫刻刀の詩

やぶれかぶれ

正しいことはすべてロボットに任せてしまって、私たちは理不尽に、感情的に支離滅裂に、わめいて嘆いて、泣きつかれたら眠りましょう。毎日、息をするたび少しだけ、緑の景色が作れること、なんだか山を吐き出しているようで気持ち悪い。夕立も、晴れ間も、曇り空も、すべてはすれ違っていくものだ。かならずどこかへ去っていく空が、私を見つけているわけもない。夏が来たから、冬が来たから、そんな透明なもののために、長袖を脱いだり、半袖を着たり、毛がはえかわらない惨めさを、ずっとファッションで補っている。

街は、人が沈殿してできたものです。湖で、死んで腐り落ちた魚と草が、沈殿して底に新しい土を作る。バクテリアが分解をした生命が、食べることもできない土になる時間は、何億年、コンマ何秒？　私が街のコンクリートのひとかけらになって、しあわせな4人家族のお家の床になるのは何年後だろう。そのために、生まれたんです。言い切るんです。

とりとめもなく突然に、恋をすることはロマンチックで、だから突然、誰かを憎むこと、それもポエジーだって言いたい。誰も愛してないのはどうでもよかった、誰にも、死ねって思わないのが問題だった。人間誰か憎まないとおしまいですよって、言い訳でもして、お前のこと嫌いになりたい。夢破れて山河あり。私さっさと山河になりたい。生きて必死で幸福探す人を下品って言い捨てて、一番下品な山河になりたい。

星

好きと嫌いと優しいとかっこいいと素敵とまたねで出来上がった私たちに
車がつっこんで、だれかが死んで、そのうち恋がうまれて、そのうち子供がで
きて、そのうち誰かがまた死んで、だれかが死んで、老いて、全員いなくなっ
て、次の子たちが走り回る
野原　揺れる猫じゃらしと枯れた木々
きみが大切って気持ちにどれぐらいの意味があるんだろう
好き　終わったあとでその気持ちだけ残ったら　きっと夕日に吸収されて
地球の上をまわるだろう
ときどき私やきみという存在が無駄で　あいだの気持ちだけが本当に世界に必
要だったものなんじゃないかと思うよ　土が空気を吸っている　町から少し離
れた川べりで　きみのあの日の言葉がいまも、ころがって、水をなでている
きみより尊いいのちなんてないよ

おそれ
入りますが、
切手を
お貼り
ください。

読者ハガキ

151-0051
東京都渋谷区千駄ヶ谷3-56-6
(株)リトルモア　行

Little More

ご住所　〒

お名前(フリガナ)

ご職業　　性別　　年齢　　才

メールアドレス

リトルモアからの新刊・イベント情報を希望　□する　□しない

※ご記入いただきました個人情報は、所定の目的以外には使用しません。

小社の本は全国どこの書店からもお取り寄せが可能です。
[Little More WEB オンラインストア]でもすべての書籍がご購入頂けます。
http://www.littlemore.co.jp/

ご購読ありがとうございました。
アンケートにご協力をお願いいたします。

voice

お買い上げの書籍タイトル

ご購入書店

市・区・町・村　　　　　　　　書店

本書をお求めになった動機は何ですか。

□新聞・雑誌・WEBなどの書評記事を見て（媒体名　　　　　　　　）
□新聞・雑誌などの広告を見て
□テレビ・ラジオでの紹介を見て／聴いて（番組名　　　　　　　　）
□友人からすすめられて　□店頭で見て　□ホームページで見て
□SNS（　　　　　　　　）で見て　□著者のファンだから
□その他（　　　　　　　　）

最近購入された本は何ですか。（書名　　　　　　　　）

本書についてのご感想をお聞かせくだされば、うれしく思います。
小社へのご意見・ご要望などもお書きください。

ご協力ありがとうございました。

Little More

いただいたご感想は、全文または一部抜粋のうえ、本の宣伝等に使用する場合がございます。

蜜が、ゆびさきからすべりだすようにして、体温が逃げていく。
記憶に置き去りにされた体と、コートが、
くらやみに捨てられた懐中電灯みたいにあたたかかった。
ひとの精神性なんて関係なく、
ここは体温が円柱の形をして立ち尽くして、森みたいだ。
温度に名前なんてない。
冬を、春に変えることもできないこの体に、命なんて芽生えない。

オリオン座の詩

新宿東口

「お前らなんか知らないし、
　お前らなんか嫌いでもない。」

新宿のみちばたで、食べるドーナツはいつだって眩しい味。時間なんてものは要するに命だ。食べるものも、見るものも、作るものも、聞くものも、結局全てぼくの命を支払うことで手に入れたものだ。好きなものがないなんて、不幸だと思う。生きる意味がない。なんて嘘で、暇が一番、素材の味。命の、素材の味がする。

フラニーとゾーイ。登場人物と登場人物。どうせ嘘だ、生きても死んでもいない存在だ、そう決めて見つめた現実はふみつぶしてもいい紙くず。きみも。あいつも、あのこも、踏み潰してもいい紙くず。

お願いだから、ぼくがみえているだけのそれだけの瞳になってくれないか。だれかの暇つぶしのために、愛のために喧嘩のために、ぼくは生きているわけじゃない。退屈を知らない人に、生きる意味って、あるの。ネオンと呼びこみ、雑踏と罵声。ひとごみは、ぼくは、おまえを孤独にするために流れていくわけじゃない。

かわいい平凡

きみがぼくに使うかわいいという言葉が、ぼくを軽蔑していない、その証拠はどこにあるんだろう。好きとも嫌いとも言えないなら、死ねって言っているようなものだと、いつだってきみは怒っている。ぼくは、きみを好きでも嫌いでもないまま、優しくありたい。かすかな、死の気配でありたい。

愛情で語れる友情は、ただの代替品でしかない。


きみが孤独なふりをするあいだ、ぼくはきみと友達でいる。光る波がおしよせて、ひいていく。きみの足首がぼくと同じで、ただそこにあることを、だれにも証明ができない。孤独になれば、特別になれると、思い込むぼくらは平凡だ。制服がかろうじてぼくらを意味のあるものにしてくれる。きみは、どんな大人になるかな。あたりさわりのない、この世にいてもいなくても変わりない、誰かになるのかな。

幻滅が存在しないのは、友情だけだよ。

海が告げる。きみは立っている。
ぼくの友達。

きみの最低な部分を愛してくれる人がいるなら、
そのひとが、きみの飼い主になってくれるよ。
ひとの感性は簡単に死んで、簡単に誰かのペットになって、
愛という言葉を信じ、ただの死を迎える。
今日も、タクシーの車窓が、トランプみたいに街を切り取る。
故郷の夜景が一粒ずつ、ぼくの皮膚から抜けていく。

首都高の詩

24時間

純度が高い言葉と、糖度が高い言葉と、瀕死の文脈でできあがる夜景。才能のある人が作った欲望の歌を聴いている。どんな悪意も天才なら、肯定できるってみんな知って、だから美術館に行くの？　伝えたいけど伝わりたくない言葉だけ、夜と朝の一ミリの隙間みたいな顔。ピンク色の星空兼朝焼けは、死ぬ寸前のためいきみたいだ。きみが欲しいという言葉が、ぐるぐる１００円ショップに渦巻いている。たとえ話で森は増えない、メタファーしたってきみは歌手じゃない。男も女も大嫌いで、それでもさみしい。素直になれよ、人の愛はそこからだ。

ギリギリで生きているってことに気づかないぐらい、コンビニがご飯も水もトイレも提供してくれる。死んだ人の話をすると、いいかんじに自己批判。不謹慎なのはきみの存在自体だって、言われている予感。爆破のニュース。私、ちゃんと募金しました。

私、ちゃんと席譲りました。
私、ちゃんといただきますって言っています。
私、ちゃんと愛で幸せになれるって思ってます。信じてます。

美しいから好きだよ

雪を美しいという人は嘘をついている。

白い素肌を美しいという人は嘘をついている。

ぼくが得られないものを手に入れた全ての人がすこしも美しくないことは、きみの言葉より何倍も、ぼくを傷つけた。生きていることに奇跡を感じるのは5歳までにしろよ、いつまで、生なんかに驚いている。

きみに、血が入っていること、脂が漂っていることを、一度だって忘れたことがない。ぼくの、きれいだという言葉には、性欲よりもずっと俗物的な欲望が渦巻いていた。美しいものが好きだよ。きみは死ぬとき、まぶたのわずかな隙間から見た世界に白い光がひらひらと落ちていくその光景をきれいと思った。そのことを言葉にすることもできなかったけれど、きみの最後の意識のかけらはそうやって、すっと溶けるのだ。

別れの言葉も、感謝の言葉もきみは口にするのを忘れた。
永遠は、喪失でしか表現できない。
さよならぼくがいたことを、見失うきみの瞳は美しいまま。

きみが見ている日差しが、夕日であろうが朝日であろうが、
それがきみのためだけに注がれているものだと信じていいよって、
言えるひとになりたかった。
自分がただの人間だって、
思い知らなくちゃいけないなんて、誰が決めたの。
宇宙になったつもりで、すべてを信じて、
私のこと好きでも嫌いでもない、
埃を見る目で見てくれてよかった。
きみに優しくない人を、きみが無視する。
それだけで春がきたらいいのにね。

プリズムの詩

冷たい傾斜

朝、テレビに映るおはようの言葉が時々輝いて見える。まぶしいせいだ。それでもその言葉を愛している。まぶしいというそれだけの理由で、きみよりずっと愛おしいものになる。ぼくは、ときどき簡単に、光のせいで人を裏切る。

生きることについてなにもわからないまま、死んでいくのがただ自然で、ぼくはきみの絵を無駄になると知っていて作っていた。優しさはきもちわるくてしかたがないのに、駅前で子供を助けてみたり。コンビニに入って同じコーヒーを毎日買えば、誰かがひどいあだ名をつけてくれるだろう。さみしいと振り返り、生きてきたことを確かめるしかすることがなくなったら死んだほうがいい。

何かを作れば生きていけるだとか、そんなものは嘘だ。ぼくは壊す方が好きだ。天災がきたら物珍しげに空を見上げて、安心な小屋から外を見る。人の、思い出が壊されていくのを見ている。ぼくの顔は醜いし、きれいなものに癒されることもない。かなしいやさみしいは、何も美しくなくて惨めだと思う。ただ風がぼくをかたどるように通り過ぎていき、凍えても死にはせず、秋に色づいていく山をぼくは、愛している。

聖者のとなりにはいつも狂者がいる。

性別も何もないところに、生きるも死ぬもないときに、ぼくの意識の根底で薄ピンク色の絵の具がひかれた。それが美しさという概念であったことはたしかで、いまでは血肉の底に沈んだ。きみの瞳はそれを見ている。そう決めつけることが、きみを愛する第一歩じゃないだろうか。熱源の中で言葉がだらしなく、吐きだされている。

書店で永遠にされた言葉は、ぼくの中で循環して、いつのまにか一瞬で、もろく、古いものになっていた。きみはきみの涙がちゃんと腐るということを知っているのか。亡霊であるように、本質的には誰もが平等に愛おしいのだという瞳で、心で、肉体で、きみに撫でられていたい。聖者のとなりにはいつも狂者がいる。私はあなたを愛している、全ての人と同じぐらい愛しているると、そんな最低なきみの愛で、きみが、70億人を殺すとき、ぼくは最初にそれで死にたい。

竹

愛情気持ち悪いって言えない。

熱が出ないのに病気とわかって、大人になったということだね。四角い箱に詰め込まれた大人が作る同情がほしくてCDショップに向かうひと。私はかわいそうだって思った方が楽しめる音楽、増えるよね。夜もやってるケーキ屋さんだけが、たぶんまともな社会です。愛してって言葉ぐらいしか似合わない感情を、具体的にしなきゃ殺されるから、とりあえずで欲しがっている。本当は月が故郷なんです。夏のことも冬のことも嫌いになろうと思えば簡単で、それが人間の本性だ。きみのためにコンビニは24時間営業を始めたんだね。暗くなるだけでそこが夜だとわかるように、うまくいかなきゃそこが不幸。悪口吐き出すだけの楽器が、手足を振り回している。

夜の形を知らないのに、大人になったつもりでいる。「大丈夫だと、言われたくない、ひたすら私が言っていたい。」性別より人格より、私が生まれたという奇跡だけに目を凝らしていてほしい。
愛してで事足りるような孤独なんて持っていないよ。
私をかわいそうだって言っておきたい人がいるから、
ここはまだまだ優しい世界。
全人類、私のために、生まれてきておめでとう。

夏

きみを、私が知らないことはひとつの暴力だ。殴っている。きみがどこにいこうとしているのか、どこからきたのかを、知りたいとも思わないことはひとつの暴力だ。蹴っている。興味がない。名前も知らないこと、姿かたちを知らないこと。暴力だ。殺している。きみがしんでいても生きていても私は知りようがない。永遠に。殺しているんだよ。

愛している。という言葉をのべたとき、口から、血の匂いがする。「愛」という言葉には歴史上のこれまでの人類すべての「愛」の定義が蓄積されていて、なんだか血のにおいがする。それをかみしめて、繰り返していけば、いつか吐血する予感があった。歴史すべての血にしずめられて、わたしは海底で息をすることをやめるのかもしれない。きみたちがどこかで語り合っている「愛」という言葉が、確実に、きみたちを殺している。その音を、耳を澄まして聞いていた。暴力だよ。殺している。きみがしんでいても生きていても私は知らない。知ることがない。はじめから、そして永遠に、私にとってきみは死体だ。

そこにいるだけでいいって、愛しているって、
コピーペーストみたいな言葉で心臓を守ってる
信号も人も無視して走り抜けたら、死ぬだけの交差点
生きるのってなんだか飼い犬みたいだね
ここは渋谷　きみのこと嫌いになってあげようかって言えるぐらい
かわいくなきゃ殺される場所　夢の街

渋谷の詩

花と高熱

冷たい水が体内に一滴もないこと。誇っていいよ、きみは生きている。
真夏が終わるあいだ、生きていることを思い知った肉体。
快感のように終わっていく命だ。熱湯の中に入れていく魚も、野菜も、
生前よりも鮮やかな色。死によってうつくしくなれないものを人間は
きっと消化できないのだろう。
夜は、季節が透き通る。話すこともなくなっていた。このままでもいい
という言葉だけを求め、花束に顔を埋めるあいだ、自分以外の生き物に
名前をつけてしまいたくなる。
私は、命でなくなる。妊娠、出産、種の存続。
産むなら、少し死んでみなくちゃいけないよ。
きみが終わらないと、世界は続かない。

雪

世界で一番高いビルに登ってもたぶん、表面張力みたいなもので人とつながるんだ。沈んだはずの夕日がもう一度水平線から顔をだす。ホテルで書く連絡先は自分の携帯で、私が死んだらどこに連絡が行くんだろう？　さりげなく持つ、部屋も宝石も、死後にだれかが使うはずだ。異常気象の朝は、自殺が減る。今日は私たち、雪の話ばかりしてまるで街みたいね。

知っているようでなにも知らない街で、空白をふちどるように知っている道ばかり歩いてスーパーに向かう。切られたあとの魚を買って、しょうゆにつけて食べるあいだ、それが命を食べる行為なのか、命をふちどる行為なのか、わからないよね。いただきますって言った。それでもうなにも、考えなくてオールＯＫだった。

愛が愛という形をしているのはおかしい。まっくろい箱でなきゃおかしい。心が下か上かはどうでもいいから、私が見てきた生活すべての、見えてなかった部分を埋めて、早くオールＯＫにしてくれよ。聖飢魔Ⅱが紅白に出たら、どこ出身って書くんだろう？　私たちのシェアや中傷でかたどっているものをふみつぶすように雪が降り、そして後日こどもが熱を出す。好きよ、好きよ、大好きよ。雪が好きよ、大好きよ。世界一のビルの上で、表面張力みたいな光で包んでくれてありがとう。積もろうが、埋まろうが、私をふちどる他人はいる。空白がふさがれば、シェアした誰かがやってきて握手も求めてくるでしょう。なんて地獄なんでしょう。きみも私も地獄出身。生きていたらいいことあるよ、70億人と友達になれるし、ならなきゃずっと死ねないよ。

うさこ、戦う

本来この学校は海に沈んでいるべきだった。

右往左往している鮫はどうしたらいいんだ。私はそのせいで黒板が見えない。同情はするが、きみは人喰いだしなぁ。しかし見捨てたらわたしも鮫殺しとして魚類に恨まれるかも。

黒板が見えない。

私は兵士です、と突然教室で叫んだらいったいきみはどうしますか。消しゴムを貸してくれますか。私の二世になってくれますか。アポロがやってくる。私をつれていく。その後のことはきみに頼んだ。ゴジラをやっつけるのだ。いいか悪いかは知らないけれど、とにかくやっつけるのだ、きみにしかできない。アポロの中はイチゴの匂いでいっぱいだろう。

左手でたたいた人がある日とつぜん破裂をしたりとか、そんなことを想像すると毎日つらい気持ちになるね。知らない女性がいきなり訪れあなたのせいで彼は死んだとか言われたらどうするよとマクドナルドでストローを割る。いやしらないよ、ないよそんなことと答えるきみはいいね。寝ているまにブランコにのせられ往復し、そしてまたベッドにもどされているときみは知らないんだろう。

私本当は人じゃないのかもと、ビームを出すとき思います。

死ねばそのうちメールボックスが、破裂するから気づいてね。悪いゴジラかいいゴジラか私だって知らずに戦っているよ。私の暴力にきみの名をつけた。それが愛ってことで、もういいだろう。

さようならがきれいに言えないから、きみは子供だ。
いつまでも、死がこわくない。
灰みたいな呼吸。オリオン座からこぼれ落ちたみたいな交差点。
タクシーに乗り込む夏が消えて、
抜け殻みたいにみんな、大人になって冷えていく。
愛しあえたら平和になれるという歌が流れる中で、
だれにも愛されない人がいたらその人は
死なないと辻褄が合わないのかな、と、
教室の隅で息を吐いている女の子のこと。
ぼくは知らずに、ただきみを好きでいる。
だから、最低なんです。

栞の詩

にほんご

きみがもしも病気なら「しにたくない」という六文字にだってきっと価値が出るだろう。それぐらい、言葉なんてどうだっていいんだ。わたしが何を言ったって価値は出ないんだよ。

すきなひとってなんだよ。そうでないひととすきなひとって、それって、差別だよね。きみとすきなひとだけが生き残ればいいと思っているんだろ、世界を怪獣が襲ったら。世界平和なんて、誰かを愛している限りは言うな。

みんな元気？　私は元気です。でもいつかは死にます。だから死にたくないと思う。でもそのうすっぺらなきもち、みんな同じだよって言われて、通り過ぎる車みたいに、きもちはきさきながされて海へと帰っていく。みんな同じだよって、いわれて、だれもわかってくれないという気持ちに、なるのはどうしてだろう、物理法則？目の前で、車が事故るまでは誰もふりむいてくれない。それを知っているから、みんなあぶない運転をする。気づいてもらおうとしている。そして、だれかをはねるんだね。殺しちゃうんだね。愛情なんてとっくに、なくてよかったんだ。ないほうがよかった。愛なんてなくてもいいって、「いいひと」たちに銃を向けられたって言える。

私は世界平和を望んでいます、全員大嫌いです。

春の匂い

ふとした春の匂いで忘れてしまうぐらい、軽い気持ちで好かれていたい。小指が触れ合うだけで体温がゆれうごいて、いつもどちらかが傷ついているんだって教えてくれるのは魔法みたいだ。いじめをしたことのある人しかいない店で食べたパンケーキが、私の最後の青春だったかもしれない。

歳をとると時間はどんどん速くなるんだって大人が言って、だったら昔よりゆっくりに聞こえる音楽ってあるのかな。愛情も言葉も命に追いつけなくなって、人は仕方がないからやさしいおばあさんになる。お前の知らないところで悲劇や不幸がたくさん起きて、だから幸せそうにするなって、言えることがきみにとっては正義で、武器なんだろう。だから、世界中に悲しみがたくさん溢れていたらいいと思う。きみが、いつまでも最強でいられますように。

死んだ生き物の熱がはじけて、
雲の軌道に昇るあいだ、傘は要らない。
蒸発する雨。砂漠がきっと一番まともな星のあり方だ。
知ってるんだ、きみが私を好きにならなくても、
隣から消えてしまっても、嘘をついても、絶望をしても、
かわいい人のままであるということ。
それが私を安心させる。
どう生きていこう。不幸かな、幸せかな。
そんなことは大した問題ではないと、言える私達に
愛なんて言葉はいりません。

空気の詩

どうしようもない、死ぬのも、くだらなく生きるのも、
それがきみの性質なんだからどうしようもないじゃないか。
星や草や、動物が、ぼくらとは違う鍛えられた細胞を
生きるためだけに燃やしていく。
孤独を語るとき、生命が腐ったにおいがするよ。
きみは海を見ていた、
静けさが唯一ひとをまともに見せるなら、
夕日の時間がずっとずっと続いてほしい。
きみの命も、永遠であってほしい。

貝殻の詩

きれいな人生

災害レベルの夜景が見たい。全人類が同時に携帯を開いたら、いくつかの星は空から消えてしまうだろうか。星が殺せるならやってみたいよね。一人で生きる人間の感情ほど、退屈な映画もない。急な胸の痛みと、天災と、怒りが横一列に並ぶことを、孤独と呼ぶなら、私を待っているのは孤独死だけだ。濁った海の色をした怒りに額まで沈めて、水平線の向こう側でUターンをしている無数の船のことを思う。すれ違うすべての人間が、私ではない誰かのところへ帰る、途中にいた。

お前は愛まで、悪口の肥料にするんだね。暖房の効いた部屋で、窓ガラスの曇りをあつめるように、手で消していくあいだ、窓の向こうで少しだけぬくもった透明がふえていく。世界に与えられるやさしさのリミット。コンプレックスを刺激することが一番、ひとを傷付けるのに最適だなんて思いたくない。宇多田ヒカルを聴いて、思い出すのが校庭の匂いなら、きみの幼少期は最高なもの。ちゃんと、家族への侮辱に激昂する人類でいてね。

友達が死んだらとても悲しいが、家族が死んだときよりは悲しくないのだろうかという考えが人間だから浮かぶのか、人でなしだから浮かぶのか。

孤独な人ほど、きれいな人生。

とあるCUTE

死んでしまうことを不幸だと思うなら、生きていくこともできない。山手線のまんなかにうめたラブレターが勝手に燃え出して消えて、だれかにとって大切な家を消失させていく日。わたし、本当はちっとも不幸じゃない、孤独じゃない。ただ欲望が止まらないだけだろうって、風が雲のうえで呻いている。くつしたがずれたって、歩いて行ける世界できみが死んでも生きていけるってことがなぜ後味悪い感じでひろがっていくのだろう。味がなくなったガムを吐き捨てることと、今日も何万人も飛び降りて死んでいくことが、違わないって、言えたら私はたぶん、かわいくなれる。

夢を切り裂いたらお金になる。渋谷の街で、未来をあきらめるたびにかわいい洋服が手に入る気がしている。電気とガスが、血液より街にとっては大切だから、A型はいつだって不足気味、寝不足気味。夜景が星を殺せるから、私は化粧品をだれより信じて、まぶたに光の粒を乗せていく。

音楽の主役は自分じゃないってことが、ステージを見ると一目瞭然。

それでまたさみしいって、言えばすこしかわいくもろくガラスみたいなそぶりができるただの粘土の女の子。(きみが、私を好きって言えば世界は今より薄っぺらく、簡単になるだろうから、期待してるよ。)

4月の詩

花は散ってしまっても、死んでいないんだもの、また忘れた頃に咲いて、こちらを見ている。私たちはさみしくって、消えてしまいたくて、でも一度消えたらきっと、戻ってこれない。

土曜のことを考えながら、息をしていると、まるでリズムが整えられて、棺のかたちに合わせて背丈を調整しているよう。40年後に死にますって、伝えられてもきっと私はなにも変えない。くだらないいのち、くだらない呼吸。それを、愛しいと言うきみをばかにしない私は、ばかだけど。

ストレス、精神論が楽にするものなんて、どうせただの感情で、私はもっときみといたい。それが解決することなんてきっと永遠にないんだろう。きみが好き、花見にいって、ばかな顔で、見上げてお酒を飲んでいたいな。花の向こうに星が見える。星は死んだら消えてしまうけど、そのことにだれも気づかないで、光がずっと残ってく。羨ましいときみが言うけど、きみの光が残ったって、私が、死ねって言える時間がないなら、嘘だよって笑えないなら、意味ないんだよ。死なないで。

愛は、ぼくには清潔すぎる。
流れていく雨が、河川を作るなら、
ぼくの嫌悪感はただしく、ぼくの歴史を作っていくだろう。
「青い春は透明な秋にならなくちゃ許せない。
　それ以外の色はありえない。」
買ってしまったジュースが甘くても最後まで飲むような、
そんな大人になったならきっと絶望は手に入らない。
死んでしまうものでなければ、終わるものでなければ、
美しいわけがないんだ。
ぼくの愛したすべてのものはかならず、
ぼくを捨てるべきだった。

ヘッドフォンの詩

次元の孤独

風が、私の視界の中を通り過ぎて空の向こうにある星まで届
きそうな音をたてて消えていく。私の待っている時間はいつ
だって、人が魂をとばして消えていくそんな気配とともにあ
って、さみしいという言葉は死んでから言えと、うねる風が
頭上にあるようだった。
欲しいものがあるのですが　それは街でも人でもないから
きっと、今は幸福なんでしょう。血が飛んで行って、どこか
で別の体とともに暮らしたがるような、そんな気持ちになる
のが愛をはぐくむってこと？　きみのことを好きだけれど、
明日も好きかはわからない。そんな冷え冷えとした感性が、
あなたの脳を快感まみれにするくせに。
優しい人などいない世界は、光が鋭くて朝焼けが美しい。
きみの守りたいものが消え失せていくのが、青春で、
人生のスパイスならば、

それ、死ねってことじゃないのか。

ようこそ

17歳より若い女の子が、セブンティーンを読む教室。nonnoの女子大生モデルに憧れる女子高生。自分のことはもう大人だと思っていて、それより上は老人だって言ってやらなきゃ悔しかった。でも、あるときから、憧れる対象は年下になっていくの。同じ上履きを履いていた友達がお母さんになったらしいという話は、なんの違和感もなく流れていく、だれが生きていて、だれが死んでいて、そんなことすら曖昧なほど、薄い糸のような関係を目線の高さの水面がゆらゆらとたぐりよせ、時にぷつりとちぎっていった。

これで私も古い人間です。お酒の味を覚えたとき、制服を捨てたとき、年下の野球選手がアメリカへと行ったとき。うまく醸すかもわからない、古い感性。終わるような愛は、愛なんだろうか？　世界にとっていちばんきれいな女の子が1年周期で変わっていくあいだ、私が、ここで生き続けることは下品なのかもしれなかった。

夏と秋が破裂して、混ざり合う匂いの中。だれかが溶けた雨ばかり降る場所で、さみしさなんてありはしない。走り去るのがいいことみたいに思って生きて、若さがちぎれ、有楽町の駅前にぼたぼた、落ちていった。で、だからなんなの。命の価値すら磨り減るのが未来だと、私はちゃんと知っている。

あ、今、ガラスが過去のどのかけらよりも美しく光を反射させた。偉人の写真に落書きをしたという、大きな罪で、私たちは不幸になるよ。安心する両成敗。よく眠りましょう。早く生きて、長く死にましょ。

他人の言葉は決して、私の正解にはならないと知っていて、
ひとり、夜を未読にする。
ふさいだあとの都会から、もれだしたものはなんですか。
分厚い雲の下で、渦のように愛と親切を交換して、
死んでいくことが人間の美学。
きみが言う悪口そのものになってみたかった。
清潔なふりをして、きみをただ一度だけ純粋に、
肯定できる言葉になりたい。

空白の詩

花園

かわいそうな私の名前は、大量生産のシールに印字されて、同じ名前の女の子たちに買われてどうでもよくてどうしようもない場所に、貼られてこすれて消えていく。毎日を完結させなくちゃいけないという、それだけのために、今日も諦めと失望を、ゆめにむかってつぶやく義務がここにはあった。東京と恋愛が、ドミノみたいにぱたぱたと倒れて、その痕跡に人生と名付ける方法。もっとましな人生を、手に入れるには、もっと不毛な街に旅立つ必要があるんだろう。解散ライブのCDをリピート再生することで、終わらないものにする、何かを。私の体、老いが見えるねって、なつかしいひとばかりが言う。都会に住むから、夜更かしだから、嫌いなものを増やして生きたい。そうして、死をゆっくり、受け入れる準備がしたかった。百年かけてだれかが嫌いになったその人自身を、愛して台無しにしたかった。それだけの、それだけの世界への仕返しに憧れて、愛しているという言葉を発声練習している深夜。

この世でいちばんいらないのは、きっと私の優しさです。誰かと人間やるためにも、ここが天国だということはずっと、ずっと秘密にしたい。

めざめ

どんな言葉が私を傷つけるのか、
教えたらきみはもっと孤独になるのかな。

冷凍庫から取り出した水は、体の奥から溶ける真夏みたいに透明へとかわる。肌というものに触れる埃や光といったもの、すれ違っていくものに朝をかんじるあいだ、きっとわたしは人に生まれた意味がないと、思うんだろう。遠のいていく波のきれはしに、きみの吐いた唾が乗って、だれもう泣きやしない深海に沈んでいった。

季節が恋人だ、そうつぶやいたとき、急に世界が私の孤独を、宝石に光を反射させるように観察しはじめる。永遠のなか。いくつもの肉体や精神を、私は、私のなかに反射させなきゃ、いけないいんだろうか。

ぼくの価値　きみにはきっと関係がないもの
ぼくの価値　きみがたとえ、いようと、いなかろうと、
確定されているもの
きみが生きていること　ぼくには本当は関係がないことだ
この時間を、愛という言葉で、ごまかしてしまってはいけない
わずかな嫌悪　わずかな死んでしまえという気持ち
それを打ち消しあう視線
きみがひとつの尊い命であるということを、
ぼくは人間だから理解できたんだ
生まれてきて、よかった

ひとの詩

もうおしまい

おいしいチョコレート屋をメモして手に入る幸福と、おみくじは似ている。冬にみつける赤い木の実の名前を知らずに、生きていきたい。若さをやりすごしたい。長い恋の果てにある白い壁には小さく、きみはもうおしまい、と書いてある。奈落というもの、地獄というもの、言葉というものを信じれば、とにかく底が見えるだろう。永遠に落ちていくことがおそろしくて、大切な想像力を、悪夢のために擦り切らしていった。

春、生まれた日にあびた祝福を、忘れない人はいない。
だから毎年桜は咲いて、私たちを2秒だけ、透明にする。

美術館

落ちていく夕日。ビデオテープで切り抜かれた昔の世界のどこかが、ゾンビみたいに残り続けて、呪いみたいだ。精神は死より遠くまで、なつかしい孤独を産み落とすことに成功する。ぼくがぼくを憐れまないことは、きっと何よりも悲劇です。かわいそうなひとはかわいそうなまま、死んでいくしかないんだろう。放課後は美しい車輪だ。恵まれた人生。冷凍された食事をたくわえて、修学旅行の行き先が爆撃される夢を見た。

ぼくの最低な部分が湖のように、深いところで光って、中を泳ぐ魚たちが絶対に死なないことが、実は、ちょっとだけ好きだ。大切な感情はすべて重たくて、沈めていく。100パーセント、美しさのせいで泣きたい。悲しみも寂しさも下水道に捨ててしまいたい。青色のもみじが空に広がって、そのうち散って冬のような夜が始まる。街路樹でもないのに輝こうなんて、思わないな。ぼくはだれかの自尊心のために、侮辱されるのが好きだよ。

意味もなく燃えて、
消えていくだけの命が、美しくないなら星だって同じだ。
きみがいなくたってぼくは生きるだろうとわかっていることが、
ただの生命力で、エゴですらないことに悲しんでいる暇もなかった。
眠る時間が長いひとは、産業廃棄物みたいなものだね。
交差点が海のように、光を蓄えていた。
好きだという言葉と軽蔑に、
大して変わらない反応を見せるぼくの心臓。
街の宝石はネオンでも星でもなく、
ねむれないのに無理に閉じたきみのまぶたの奥にある。

黒色の詩

あとがき

100%誰かに理解してもらえるなら、そんな人間、この世界にいる意味がない。憂鬱が、かわいく見えて仕方がなかった。人には話せないような、汚い感情、正論だとか優しさだとかで押しつぶされていく、そういう悩み、膿。あってはならないものとされている感情が、好きだ。感情にあってはならないなんて、ありえないのに、それでも押し殺すその姿が好きだった。どんなに因数分解したって理解を得られないだろうそんな感情が、その人をその人だけの存在にしている。人は、自分がかわいいのだということをもっとちゃんと知るべきだ。

人と話していると、このくせはこの人のらしさだなあ、とか、表情でも当人が気づいていない定番の笑い方とか、相槌の仕方とかあると思って、そういうの、そういうのが「かわいい」と、切りとれる人でありたい。内面だって同じで、その人がつぶしていったもの、消してきたもの、その人にとってももう忘れてしまったようなさりげないエゴに、かわいいと言い続けたい。ずっと、自分という存在は他人にとってひどく理不尽なもので、そして理解を求めることはとてつもない暴力なのだと思っていた。想像以上に他者は私を理解せず、そして理解しないからこそ私は自由で、だからこそ、生きていける。私が他者をかわいいと思えるのも、きっと同じ理由だった。

レンズのような詩が書きたい。その人自身の中にある感情や、物語を少しだけ違う色に、見せるような、そういうものが書きたい。人間の体には最初から思想があって、感情があって、経験があって、過去があって、未来があって、予定があって、期待があって、不安があって、それは全部読む人のメロディとして、風景として、私が書いたものとなにかを補い合い、ひとつの作品を作ってくれる。私は自分の言葉単体よりも、その人と作り出したたったひとつの完成品を見ていたい。その人が、自分の「かわいい」を見つけ出す、小さなきっかけになりたかった。

私の詩を少しでも好きだと思ってもらえたなら、それは決して私の言葉の力ではなくて、最初からあなたの中にあった何かの力。私の作品じゃなくても、ふと見た景色や鳥のさえずりや、好きな歌、それらにふっと顔がほころぶ日があったなら、それはきっとあなたの中の何かが響いて、すべてを眩しく見せているんだろう。

世界が美しく見えるのは、あなたが美しいからだ。

そう、断言できる人間でいたい。

初出

●青色の詩　ネット
●朝　ネット
●ゆめかわいいは死後の色　「文藝春秋」２０１５年12月号
●惑星の詩　ネット
●月面の詩　ネット
●水野しずの詩　パルコ「シブカル祭。２０１４」（水野しずさんに寄せて）
●うさぎ移民　ネット
●彫刻刀の詩　ネット
●やぶれかぶれ　ネット
●星　「Numero TOKYO」２０１５年9月号
●オリオン座の詩　ネット
●新宿東口　「日経回廊」４号
●かわいい平凡　自著、小説『かわいいだけじゃない私たちの、かわいいだけの平凡。』（講談社）の扉で発表したものを改題
●首都高の詩　ネットで発表したものに加筆修正
●24時間　書き下ろし
●美しいから好きだよ　「ユリイカ」２０１６年３月号（古屋兎丸さんの作品に寄せて）
●プリズムの詩　ネット
●冷たい傾斜　「In The City」Vol.14で発表した「デカフェ」を改題
●聖者のとなりにはいつも狂者がいる。「ユリイカ」２０１６年３月号（古屋兎丸さんの作品に寄せて）
●竹　ネットで発表したものに加筆修正
●夏　「現代詩手帖」２０１２年６月号
●渋谷の詩　ミツカルストア バイ ワンスアマンス（渋谷パルコ）「シブヤTシャツマーケット」２０１５

●花と高熱　ネットで発表したものに加筆修正
●雪　ネット
●うさこ、戦う　ネット
●栞の詩　アンソロジー『世界を平和にするためのささやかな提案』(河出書房新社)で発表した「1」を加筆修正、改題
●にほんご　「現代詩手帖」2011年8月号
●春の匂い　書き下ろし
●空気の詩　ネットで発表したものに加筆修正
●貝殻の詩　ネット
●きれいな人生　書き下ろし
●とあるCUTE　パルコ「シブカル祭。2015」で発表したエレベーターの詩に新しく題を付け、加筆修正
●4月の詩　ネット
●ヘッドフォンの詩　ネット
●次元の孤独　「現代詩手帖」2015年5月号
●ようこそ　ネット
●空白の詩　ネット
●花園　書き下ろし
●めざめ　「東京新聞」2015年10月24日夕刊
●ひとの詩　ネット
●もうおしまい　「読売新聞」2016年3月9日夕刊で発表した「春」を改題
●美術館　「In The City」Vol.14で発表した「ミルクしかない」を加筆修正、改題
●黒色の詩　ネット

● 最果タヒ　さいはてたひ　詩人・小説家

1986年生まれ。2004年よりインターネット上で詩作をはじめ、翌年より「現代詩手帖」の新人作品欄に投稿をはじめる。06年、現代詩手帖賞を受賞。07年、詩集『グッドモーニング』を刊行し、中原中也賞受賞。12年に詩集『空が分裂する』。

14年、詩集『死んでしまう系のぼくらに』刊行以降、詩の新しいムーブメントを席巻、同作で現代詩花椿賞受賞。16年の詩集『夜空はいつでも最高密度の青色だ』は17年に映画化され（『映画 夜空はいつでも最高密度の青色だ』石井裕也監督）、話題を呼んだ。詩集には『愛の縫い目はここ』『天国と、とてつもない暇』『恋人たちはせーので光る』『夜景座生まれ』『さっきまでは薔薇だったぼく』『不死身のつもりの流れ星』『落雷はすべてキス』『恋と誤解された夕焼け』。

小説家としても活躍し、『星か獣になる季節』『十代に共感する奴はみんな嘘つき』など。17年には清川あさみとの共著『千年後の百人一首』で100首の現代語訳をし、18年、案内エッセイ『百人一首という感情』刊行。ほかの著作に、エッセイ集『きみの言い訳は最高の芸術』『もぐ∞』『「好き」の因数分解』『コンプレックス・プリズム』『神様の友達の友達の友達はぼく』『恋できみが死なない理由』『無人島には水と漫画とアイスクリーム』、絵本『ここは』（及川賢治〈100%ORANGE〉との共著）など。

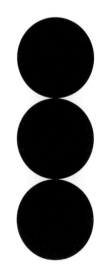

夜空はいつでも最高密度の青色だ
2016年5月17日　初版第1刷発行
2024年7月11日　初版第10刷発行
著者：最果タヒ
ブックデザイン：佐々木 俊

発行者：孫 家邦
発行所：株式会社リトルモア
〒151-0051 東京都渋谷区千駄ヶ谷 3-56-6
TEL: 03-3401-1042　FAX: 03-3401-1052
info@littlemore.co.jp
https://littlemore.co.jp
印刷・製本：シナノ印刷株式会社

Printed in Japan
ISBN 978-4-89815-439-7　C 0092